QUESTIONNAIRE DE LECTURE

DOCUMENT RÉDIGÉ PAR PIERRE WEBER
MAITRE EN LANGUES ET LITTÉRATURES FRANÇAISES ET ROMANES
(UNIVERSITÉ CATHOLIQUE DE LOUVAIN)

L'Étranger

ALBERT CAMUS

lePetitLittéraire.fr

Albert Camus
Écrivain, dramaturge, essayiste et philosophe français

- **Né en 1913 à Mondovi (Algérie)**
- **Décédé en 1960 à Villeblevin**
- **Quelques-unes de ses œuvres :**
  - *L'Étranger* (1942), roman
  - *Le Mythe de Sisyphe* (1943), essai
  - *La Peste* (1947), roman

Français né en Algérie, prix Nobel de littérature, Albert Camus (1913-1960) est l'un des écrivains majeurs du XXe siècle. Intellectuel profondément engagé, philosophe, journaliste, dramaturge et romancier, il a marqué son temps par sa réflexion sur l'absurde, qui a trouvé chez lui une expression nuancée, sensible et humaine.

Largement admiré, parfois critiqué, Camus a trouvé un écho considérable dans le monde entier avec ses romans *La Peste* (1947) et, surtout, *L'Étranger* (1942). Il est mort prématurément en 1960 des suites d'un accident de voiture.

L'Étranger
Un roman atypique dans le paysage littéraire

- **Genre :** roman absurde
- **Édition de référence :** *L'Étranger*, Paris, Gallimard, coll. « Folio », 1957, 191 p.
- **1re édition :** 1942
- **Thématiques :** absurde, sensualisme, soleil, révolte, (in) justice

Publié en 1942, *L'Étranger* est le premier roman de Camus. Il raconte comment Meursault, un jeune homme taiseux incarnant l'absurde au point d'être étranger à sa propre existence, est condamné à mort pour le meurtre d'un Arabe, parce qu'il n'a pas pleuré lors de l'enterrement de sa mère. Écrit à la première personne dans un style très oral, ce roman atypique est aussi une critique de la comédie humaine.

L'Étranger est une des œuvres du XXe siècle les plus lues et les plus étudiées en France et dans le monde.

Pour aller plus loin dans votre étude de l'œuvre, consultez aussi :

- le commentaire de l'incipit de *L'Étranger*
- le commentaire du meurtre de l'Arabe dans *L'Étranger*
- le commentaire de l'excipit de *L'Étranger*
- la fiche de lecture sur *L'Étranger*

Découvrez également de nombreux autres documents téléchargeables en quelques clics sur lepetitlittéraire.fr !

QUESTIONNAIRE

1. Dressez le portrait psychologique de Meursault.
   (7 lignes)

2. Quelle est l'opinion de Meursault sur la religion ?
   (5 lignes)

3. Quel type de relation unit Meursault et Marie ? Comment la vivent-ils ?
   (10 lignes)

4. Vrai ou faux ? Justifiez chacune de vos réponses en deux lignes.

   a) Raymond est magasinier.

   b) Marie n'accorde aucune importance au mariage.

   c) Le témoignage de Raymond lors du procès de Meursault prouve que ce dernier n'est pas coupable.

   d) Meursault souhaite qu'il n'y ait aucun spectateur à son procès.

   e) Meursault est condamné parce qu'il n'a pas pleuré à l'enterrement de sa mère.

   f) Meursault passe le temps, en prison, en se rappelant ses souvenirs.

g) Raymond se pose comme un leader face à Meursault.

5. Mettez le titre du roman en rapport avec le personnage de Meursault.
(7 lignes)

6. Quelle place tient le soleil dans le roman ? Illustrez à l'aide d'exemples.
(15 lignes)

7. En quoi peut-on dire que *L'Étranger* est une satire de la comédie sociale ?
(15 lignes)

8. En quoi l'écriture de Camus reflète-t-elle l'état d'esprit de Meursault ?
(10 lignes)

9. En quoi Meursault incarne-t-il le sentiment de l'absurde ?
(10 lignes)

10. Pensez-vous que, selon Camus, Meursault mérite d'être condamné à l'issue du procès ?
(10 lignes)

CORRIGÉ

1. Dressez le portrait psychologique de Meursault.

   C'est un homme énigmatique, mystérieux et taciturne. Il semble détaché de tout sentiment et de toute émotion : il se rend à l'enterrement de sa mère avec une apparente indifférence ; lorsque Marie lui demande s'il veut l'épouser, il lui rétorque que ça lui est égal, etc. Par contre, il est extrêmement sensuel et accorde beaucoup d'importance aux plaisirs corporels, ce qui en fait un être entièrement tourné vers l'instant présent.

   Il est également incapable de se plier aux exigences de la vie en société et aux règles de bonne convenance.

2. Quelle est l'opinion de Meursault sur la religion ?

   - Meursault ne croit pas en Dieu.
   - Il ne croit pas non plus en une vie après la mort.
   - Dans la deuxième partie, les sermons du juge d'instruction, puis de l'aumônier, renforcent ses opinions et le rendent presque hostile vis-à-vis de la religion.

3. Quel type de relation unit Meursault et Marie ? Comment la vivent-ils ?

   Lorsqu'ils se rencontrent par hasard un samedi, lors d'une baignade, une relation amoureuse empreinte de sensualité démarre presque immédiatement entre Marie et Meursault.

Marie est le personnage avec qui Meursault peut vivre le plus complètement sa sensualité. Les baignades et les nuits passées ensemble sont pour lui de réels moments de bonheur. Mais si leurs corps parviennent à communiquer, dès qu'il est question de sentiments ou de projets d'avenir, c'est l'incompréhension : l'amour, le mariage, auxquels Marie est attachée, ne signifient rien pour Meursault. Elle choisit malgré tout de l'accepter tel qu'il est (« elle a murmuré que j'étais bizarre, qu'elle m'aimait sans doute à cause de cela, mais que peut-être un jour je la dégouterais pour les mêmes raisons », p. 70).

4. Vrai ou faux ? Justifiez chacune de vos réponses en deux lignes.

   a) Raymond est magasinier.

   Faux : il fait croire qu'il est magasinier alors que tout le monde sait que c'est un proxénète.

   b) Marie n'accorde aucune importance au mariage.

   Faux : elle veut se marier, mais Meursault est indifférent à ce désir.

   c) Le témoignage de Raymond lors du procès de Meursault prouve que ce dernier n'est pas coupable.

   Faux : son témoignage achève justement de convaincre le jury de la culpabilité de Meursault.

   d) Meursault souhaite qu'il n'y ait aucun spectateur à son procès.

Faux : il dit qu'il veut que les spectateurs soient nombreux et l'accueillent avec des cris de haine.

e) Meursault est condamné parce qu'il n'a pas pleuré à l'enterrement de sa mère.

Faux : il est condamné car il a tué un Arabe, mais le fait qu'il n'ait pas pleuré à l'enterrement de sa mère joue en sa défaveur lors du procès. Cette attitude a donc un certain impact sur le jugement.

f) Meursault passe le temps, en prison, en se rappelant ses souvenirs.

Vrai : il se rend compte que c'est une manière de tuer le temps.

g) Raymond se pose comme un leader face à Meursault.

Vrai : c'est Raymond qui prend les initiatives et qui guide Meursault dans ses activités, mais, lors du meurtre de l'Arabe, c'est également lui qui donne les ordres.

5. Mettez le titre du roman en rapport avec le personnage de Meursault.

Meursault est sans nul doute cet « étranger » dont parle le titre :

- il est d'abord étranger en tant que Français vivant en Algérie ;

- il est étranger aux conventions sociales : politesse, hypocrisie, mensonge sont des notions qui n'ont pas de sens pour lui ;
- il est étranger à une partie de sa propre existence : radicalement détaché de toute forme de sentiment, c'est un être de sensations uniquement.

6. Quelle place tient le soleil dans le roman ? Illustrez à l'aide d'exemples.

Le soleil tient une place centrale dans *L'Étranger*, dont le cadre est situé en Algérie. Le nom du personnage, Meursault, est d'ailleurs probablement composé au départ de « meurt-soleil ».

Ainsi, le soleil est aussi omniprésent qu'ambivalent, étant parfois cause de bonheur, parfois cause de malheur. Les descriptions, les sensations, les évènements s'y rattachent toujours, de près ou de loin.

Du côté positif, on note par exemple les moments passés à la plage et les baignades avec Marie.

Et du côté négatif :

- l'enterrement de la mère de Meursault, sous un soleil insupportable et étouffant ;
- le rôle que joue le soleil dans le meurtre de l'Arabe : Meursault déclare, à son procès, que c'est à cause du soleil qu'il a tiré et, littéralement, c'est vrai (voir toutes les souffrances que le soleil provoque chez lui à ce moment, p. 91-95) ;

- la chaleur qui règne dans le tribunal lors du procès de Meursault.

Notons que, dans la mythologie, le soleil incarne la force guerrière. Or, ici, on retrouve en quelque sorte la même signification puisque c'est le soleil qui « pousse » Meursault au meurtre.

7. En quoi peut-on dire que *L'Étranger* est une satire de la comédie sociale ?

Grâce au regard détaché que Meursault porte sur le monde, *L'Étranger* révèle avec force l'absurdité de certaines conventions sociales (surtout lors de l'enterrement de sa mère et du procès).

Le comportement de nombreux personnages est décrit avec une certaine perplexité, voire de la froideur, ce qui fait ressortir leur côté arbitraire, presque théâtral. Le point de vue décalé de Meursault fait apparaitre combien les relations sociales sont régies par des conventions, sont un jeu, une comédie.

Le récit du procès pousse très loin dans cette direction, et les plaidoiries en marquent le sommet. Le procureur et l'avocat jouent un numéro d'acteur – l'un avec talent, l'autre pas – qui sera pourtant décisif pour Meursault.

Ce qui est frappant, c'est que ce dernier refuse avec détermination de rentrer dans le rang et de respecter le jeu des conventions. En particulier, il refuse de mentir, même lorsque cela serait bénéfique pour lui ;

il refuse les faux-semblants. Et c'est pour cette raison qu'il est condamné, parce qu'il n'a pas joué le jeu lors de l'enterrement de sa mère, qu'il n'a pas porté le deuil, qu'il n'a pas manifesté de remords lors de son procès.

8. En quoi l'écriture de Camus reflète-t-elle l'état d'esprit de Meursault ?

   Dans la première partie, l'écriture de Camus est particulièrement dépouillée et neutre : les phrases, courtes et décousues, s'additionnent les unes aux autres sans véritable lien ; la temporalité est déconstruite ; aucun sentiment ni aucune émotion ne transparaissent. Ce style correspond parfaitement à Meursault qui est lui aussi neutre et dépouillé de quelque chose dans le sens où il semble ne rien ressentir.

   Dans la seconde partie du roman, la langue est de plus en plus travaillée, les images sont beaucoup plus riches et le discours est plus construit, ce qui correspond là aussi à l'état d'esprit de Meursault : il est emprisonné et se remémore certains souvenirs. Il apprend ainsi à se livrer, à parler de lui-même et à explorer son intériorité et ses sentiments.

9. En quoi Meursault incarne-t-il le sentiment de l'absurde ?

   Meursault incarne le sentiment de l'absurde, c'est-à-dire la prise de conscience que le monde est radicalement silencieux et indifférent face aux interrogations de l'homme. Quelles que soient les questions qu'on se pose, les actes qu'on commet ou les décisions qu'on prend, le réel dans lequel nous nous trouvons ne donne aucune réponse, n'a aucune réaction. Meursault est confronté à un monde qui n'a pas de sens, qui lui échappe : il n'est pas maitre de son destin et la tragédie s'abat sur lui pour un acte qu'il a commis sans être maitre de lui-même. Ainsi, rien ne semble avoir d'importance à ses yeux, hormis ses sensations. Comme nous l'avons déjà dit, il est indifférent, étranger à sa propre existence.

10. Pensez-vous que, selon Camus, Meursault mérite d'être condamné à l'issue du procès ?

    Plusieurs opinions possibles.

Gaudé
- La Mort du roi Tsongor
- Le Soleil des Scorta

Gautier
- La Morte amoureuse
- Le Capitaine Fracasse

Gavalda
- 35 kilos d'espoir

Gide
- Les Faux-Monnayeurs

Giono
- Le Grand Troupeau
- Le Hussard sur le toit

Giraudoux
- La guerre de Troie n'aura pas lieu

Golding
- Sa Majesté des Mouches

Grimbert
- Un secret

Hemingway
- Le Vieil Homme et la Mer

Hessel
- Indignez-vous !

Homère
- L'Odyssée

Hugo
- Le Dernier Jour
- d'un condamné
- Les Misérables
- Notre-Dame de Paris

Huxley
- Le Meilleur des mondes

Ionesco
- Rhinocéros
- La Cantatrice chauve

Jary
- Ubu roi

Jenni
- L'Art français de la guerre

Joffo
- Un sac de billes

Kafka
- La Métamorphose

Kerouac
- Sur la route

Kessel
- Le Lion

Larsson
- Millenium I. Les hommes qui n'aimaient pas les femmes

Le Clézio
- Mondo

Levi
- Si c'est un homme

Levy
- Et si c'était vrai...

Maalouf
- Léon l'Africain

Malraux
- La Condition humaine

Marivaux
- La Double Inconstance
- Le Jeu de l'amour et du hasard

Martinez
- Du domaine des murmures

Maupassant
- Boule de suif
- Le Horla
- Une vie

Mauriac
- Le Nœud de vipères

Mauriac
- Le Sagouin

Mérimée
- Tamango
- Colomba

Merle
- La mort est mon métier

Molière
- Le Misanthrope
- L'Avare
- Le Bourgeois gentilhomme

Montaigne
- Essais

Morpurgo
- Le Roi Arthur

Musset
- Lorenzaccio

Musso
- Que serais-je sans toi ?

Nothomb
- Stupeur et Tremblements

Orwell
- La Ferme des animaux
- 1984

Pagnol
- La Gloire de mon père

Pancol
- Les Yeux jaunes des crocodiles

Pascal
- Pensées

Pennac
- Au bonheur des ogres

Poe
- La Chute de la maison Usher

Proust
- Du côté de chez Swann

Queneau
- Zazie dans le métro

Quignard
- Tous les matins du monde

Rabelais
- Gargantua

Racine
- Andromaque
- Britannicus
- Phèdre

Rousseau
- Confessions

Rostand
- Cyrano de Bergerac

Rowling
- Harry Potter à l'école des sorciers

Saint-Exupéry
- Le Petit Prince
- Vol de nuit

Sartre
- Huis clos
- La Nausée
- Les Mouches

Schlink
- Le Liseur

Schmitt
- La Part de l'autre
- Oscar et la Dame rose

Sepulveda
- Le Vieux qui lisait des romans d'amour

Shakespeare
- Roméo et Juliette

Simenon
- Le Chien jaune

Steeman
- L'Assassin habite au 21

Steinbeck
- Des souris et des hommes

Stendhal
- Le Rouge et le Noir

Stevenson
- L'Île au trésor

Süskind
- Le Parfum

Tolstoï
- Anna Karénine

Tournier
- Vendredi ou la Vie sauvage

Toussaint
- Fuir

Uhlman
- L'Ami retrouvé

Verne
- Le Tour du monde en 80 jours
- Vingt mille lieues sous les mers
- Voyage au centre de la terre

Vian
- L'Écume des jours

Voltaire
- Candide

Wells
- La Guerre des mondes

Yourcenar
- Mémoires d'Hadrien

Zola
- Au bonheur des dames
- L'Assommoir
- Germinal

Zweig
- Le Joueur d'échecs

Et beaucoup d'autres sur lePetitLittéraire.fr

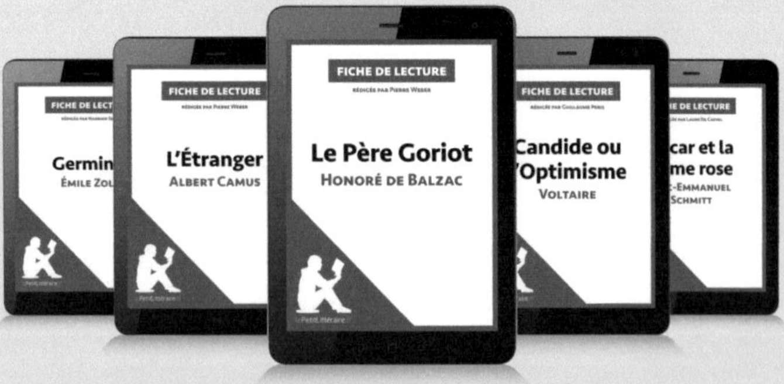

www.lepetitlitteraire.fr

ISBN version imprimée : 978-2-8062-6113-7
ISBN version numérique : 978-2-8062-3456-8
Dépôt légal : D/2014/12603/335

Conception numérique : Primento,
le partenaire numérique des éditeurs